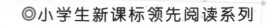

◎ 小学生新课标领先阅读系列

zhonghuashangxiawuqiannian B

中华上下五千年B

主编/崔钟雷

延边教育出版社

前言

　　作为世界四大文明古国之一的中国，拥有五千多年的璀璨历史从古至今从未间断。历史的车轮滚滚向前，中华五千年的文明在岁月的淘洗中，得到了升华和沉淀，为世人留下了众多宝贵的精神财富。其间涌现出无数的英雄豪杰、仁人志士，汇集了无数的精彩故事，至今仍有着积极的教育意义。

　　为了让孩子们了解我国悠久的历史文化，汲取前人的智慧，我们精心编辑了《中华上下五千年 A》《中华上下五千年 B》这两本通俗易懂的历史读物。两本书以生动有趣的语言讲述历史故事，刻画出一个个惟妙惟肖的人物形象，进而勾勒出历史发展的图景。同时配以精美的插图，生动地呈现历史的精彩瞬间。

　　品读一段历史，感悟一个人物，获得一份启示。希望小朋友们能够开始一段快乐的阅读之旅。

大势所趋 华夏统一
——隋唐五代

杨坚建立隋朝
YANGJIAN
JIANLI SUICHAO

隋朝的建立者杨坚是一个名副其实的窃国能手,他的父亲杨忠是北周的功臣,他的女儿是周宣帝的皇后。周宣帝昏庸无能,残酷屠杀宗室和大臣。他只在位一年,22岁时就去世了,他死后由他年仅7岁的儿子周静帝继承帝位。杨坚

rù gōng fǔ zhèng zǒng lǎn dà quán
入宫辅政，总揽大权。

yáng jiān fǔ zhèng shí gé chú le zhōu xuān dì suǒ shī xíng de
杨坚辅政时，革除了周宣帝所施行的
bào zhèng yòng fǎ jiào wéi kuān dà yòu lìng hàn rén gè fù běn xìng fèi
暴政，用法较为宽大，又令汉人各复本姓，废
qì le zhōu cháo suǒ gěi de xiān bēi xìng nián yáng jiān fèi le
弃了周朝所给的鲜卑姓。581年，杨坚废了
nián yòu de zhōu jìng dì zì jǐ dēng shàng dì wèi jiàn lì le suí
年幼的周静帝，自己登上帝位，建立了隋
cháo shǐ chēng suí wén dì
朝，史称隋文帝。

suí wén dì jiàn guó hòu gǎn dào zì jǐ jiàn guó tài róng yì pà
隋文帝建国后感到自己建国太容易，怕
rén xīn bù fú cháng cún jǐng jiè zhī xīn suǒ yǐ tā jié lì xún qiú bǎo
人心不服，常存警戒之心，所以他竭力寻求保
guó de fāng fǎ zuì hòu tā zǒng jié chū liǎng
国的方法。最后，他总结出两

tiáo bǎo guó de fāng fǎ zhǔ yào de yì tiáo
条保国的方法，主要的一条
shì jié jiǎn qí cì de yì tiáo shì zhū
是节俭，其次的一条是诛
shā suí wén dì zài wèi
杀。隋文帝在位24
nián tā zhèng zhì shang de
年，他政治上的
chéng jiù duì jiāng jìn
成就，对将近
nián lì shǐ luàn jú
300年历史乱局

的结束有着重要意义。

从辅政开始，隋文帝便提倡节俭的生活，积久成为风习。当时一般士人的便服多用布帛，饰带只用铜、铁、骨、角，不用金玉。

隋文帝知人善任，奖励良吏，严惩不法官吏，官吏一有贪污行为，便严惩不贷。他对待民众比较宽和。在581年制定的《开皇律》中他废除了前朝酷刑，如果民众有冤屈，本县县官不理的，允许向州郡上告，最后可上告到朝廷。

这些开明的措施都为他赢得了民心。

隋文帝还简化地方官制，消除了

东晋、南北朝以来的官制紊乱现象，把民少官多、耗费甚巨的官制扭转了过来。全国任何小官的任用权都归收吏部。583年，隋文帝废除郡一级的地方长官，只留州县两级；改郡为州，这些措施有利于中央集权的进一步加强。

隋制定的新律中，废除了前代枭首、车裂等惨刑，"以轻代重、化死为生"的律法比起秦汉时的刑律有很大的改进。废去九品中正制，推行科举制。科举制虽尚未完备，但对于当时社会各阶层、各阶级中的才智之士来说，参政施才的门户毕竟敞开了。

他还改革了兵制和度量衡。

隋文帝所定的上列制度，总结了秦汉至南北朝的制度，并把它提高到新的阶段。唐

yǐ hòu lì cháo de zhì dù　dōu yuán yú suí zhì
以后历朝的制度，都源于隋制。

lìng yì fāng miàn　yóu yú dāng shí suí cháo lì guó bù jiǔ　bǎi
另一方面，由于当时隋朝立国不久，百

fèi dài xīng　yīn ér suí wén dì cǎi nà le zhǎng sūn shèng suǒ tí chū de
废待兴，因而隋文帝采纳了长孙晟所提出的

yuǎn jiāo ér jìn gōng　lí qiáng ér hé ruò　de zhàn lüè　zuì hòu tā
"远交而近攻，离强而合弱"的战略，最后他

jǐn yòng le　nián de shí jiān biàn zhú bù zhēng fú le tū jué
仅用了7年的时间便逐步征服了突厥。

suí wén dì de zhèng zhì cuò shī suī rán yě yǒu yì xiē piān pō zhī
隋文帝的政治措施虽然也有一些偏颇之

chù dàn zǒng de lái shuō tā shì yí gè yīng míng jué duàn de kāi guó
处，但总的来说，他是一个英明决断的开国

zhī jūn zì xī jìn mò nián kāi shǐ de guó jiā fēn liè jīng suí wén dì jī
之君。自西晋末年开始的国家分裂，经隋文帝积

jí jīng yíng zhú bù xíng chéng le jiào wéi wěn dìng de tǒng yī jú miàn
极经营，逐步形成了较为稳定的统一局面，

shèng dà de táng cháo jiù shì zài zhè ge jī chǔ shàng jiàn lì qi lai de
盛大的唐朝就是在这个基础上建立起来的。

隋炀帝荒淫亡国

SUIYANGDI
SHUANGYIN WANGGUO

隋炀帝杨广生于569年，是杨坚的次子。600年，隋文帝发现太子杨勇奢侈好色，便废了他，立杨广为太子。其实，杨广的奢侈好色，比杨勇有过之而无不及，但他善于伪装，皇后和宰相杨素又都替他说好话。

604年，杨广即位，史称隋炀帝。杨广不仅荒淫无耻，而且残忍毒辣，是历史上罕见

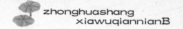
de bào jūn
的暴君。

suí yáng dì jí wèi hòu shēn kǒng jiāng shān bù wěn jí wèi dàng
隋炀帝即位后深恐江山不稳,即位当

nián yuè biàn jué dìng qiān dū luò yáng hái zhēng fā wàn mín fū
年11月,便决定迁都洛阳,还征发10万民夫

jué cháng qiàn zuò wéi bǎo hù dū chéng de fáng yù háo yǐ bǎo wèi
掘长堑,作为保护都城的防御壕,以保卫

zhōng yāng zhèng fǔ nián suí yáng dì wèi mǎn zú zì jǐ jiāo shē
中央政府。605年,隋炀帝为满足自己骄奢

yín yì de shēng huó lìng yǔ wén kǎi yíng jiàn dōng dū luò yáng yòu jiàn
淫逸的生活,令宇文恺营建东都洛阳,又建

筑西苑、三神山和龙鳞渠，沿着龙鳞渠还建立16个别院，每院由一位四品夫人管理。他还有一条戒律，就是拒谏。他自认为才学比他人都高，所以总是随意行动，不让民众有喘息的机会。他的穷奢极侈在游玩、耀威、开边、侵略等方面都有体现。

隋炀帝为了游玩，开凿了从北京到余杭的大运河，还诏令江南各地大量造船。他出游时，兵卫仪仗之盛可谓空前。他乘的龙舟高约15米，宽约15.2米，长约66米，分4层。随行的有皇后、妃嫔、贵人、美人、王公大臣，还有僧尼道士，共动用船只数千艘，用纤夫8万余名。这数千艘的船队，舳舻相继，绵延二百余里，陆上骑兵数10万，沿着运河两岸护送。两岸遍插彩色旌旗，水陆照耀，非常繁华。隋炀帝三次畅游江都，耗费财物无数，百姓怨声载道。

隋炀帝即位后，肆意向少数

民族和外国炫耀自己的富足，企图使他们畏服。大业三年（607年），突厥启明可汗入朝。他看到洛阳的都城建设和各种精美文物后，非常羡慕，请求改变服装实行汉化。隋炀帝还令裴矩利诱少数民族入朝。当时西域商人和酋长认为有利可图，便纷纷来到洛阳。

隋文帝末年，已经表现出开拓疆域的倾向，隋炀帝加强了这种开拓，短时期内隋朝成为领土广大的帝国。到609年止，全国共有190个郡，1255个县，890余万户。国土西到旦末，北到五原，东西9300里，南北14815里。

隋炀帝好大喜功，对外耀武扬威，发动了三次进攻高丽的战争。这三次战争加速了隋朝的灭亡。

617年，农民起义的烽火已经燃遍全国，瓦岗军占领中原，隋炀帝已无力控制局势。618年，右屯卫将军宇文化及领兵发动兵变，用丝带勒死了隋炀帝。隋朝的统治从此结束了。

贞观之治

ZHENGUAN
Z ZHI ZHI

suí cháo mò nián　　qǐ yì jūn
隋朝末年，起义军
fēng qǐ　suí cháo dà jiāng jūn　lǐ
蜂起，隋朝大将军李
yuān duó qǔ le zuì hòu de shèng
渊夺取了最后的胜
lì　bìng yú gōng yuán　　nián jiàn
利，并于公元618年建
lì le táng cháo　táng gāo zǔ lǐ
立了唐朝。唐高祖李
yuān yǒu sì gè ér zǐ　zhǎng zǐ
渊有四个儿子。长子
jiàn chéng　　cì zǐ shì mín sān zǐ
建成，次子世民，三子
xuán bà　　zǎo wáng　　sì zǐ yuán
玄霸（早亡），四子元
jí　　tài zǐ jiàn chéng zài cháng ān
吉。太子建成在长安
fǔ zuǒ lǐ yuān chǔ lǐ jūn guó dà
辅佐李渊处理军国大

事，次子秦
王李世民常领兵
出征，平定割据势力，对唐
朝有很大功劳，然而作为长子的李建成，按
照传统宗法制度，他应是李渊的继承人。
他们兄弟之间为争夺皇位开始了不懈的
争斗。公元626年6月，李世民率领部下在
玄武门伏兵袭击了李建成、李元吉。这就是
历史上著名的"玄武门之变"。之后，唐太
宗李世民即位，改元贞观。从627年到649

年（贞观二十三年）的23年间，是唐太宗统治的贞观时期。在此期间，他励精图治，在政治、经济、军事、文化等方面进行整顿和改革。这个时期的封建政治比较清明，社会经济的恢复和发展比较快，社会秩序也比较安定，所以，历史上把这一时期称为"贞观之治"。其实，贞观年间并非像史书记载的那

样，是一个"海内升平"、"民物蕃息"的太平盛世。那不过是封建统治下的史学家们的夸大溢美之词。但是，把"贞观之治"看做一个相对稳定的治世还是客观真实的。

唐太宗是位很实际的政治家，由于他亲身经历了隋末农民大起义，所以他认为隋朝历经二世而亡，是因为赋役繁重、官吏贪污、百姓饥寒交迫而引起的。隋炀帝本人挥霍无度，不能节制自己，也是重要原因。对于这一教训，他说：君主好比舟，百姓好比水，水能载舟，亦能覆舟。现在天下初定，要想稳固统治，必须休养生息。为达到这个目的，他即位之初就一再申明要"去奢省费，轻徭薄赋，选用廉吏，使民衣食有余"。为了节省开支，他把中央各部官员精减掉原来的三分之二。灾荒之年，唐太宗下令各州开仓赈济，并派亲信大臣到灾区巡视。他还十分注意农时，鼓励农民耕种土地。经过经济整顿，战争中流散的人都返回家乡，社会生产得以恢复发展，农业连年获得丰收。到贞观八九年时，米粟每斗不过三四钱。

在封建帝王中，唐太宗是以善于纳谏而著称的，每议军国大事，他总要广泛听取臣下的意见，并能择善而从之，因此，在他手下有许多大臣敢于直言劝谏。

630年，唐太宗为巡幸东都洛阳，下令征发百姓大修洛阳宫。当时，正值农忙时节，张玄素立即上书劝谏："陛下自以为今日财力物力比隋时如何？战争创伤之后，百姓万分疲惫之时，陛下要耗资巨万，役使

疲惫之众，大兴土木，岂不是沿袭前朝的弊政吗？由此看来，陛下还不如隋炀帝。"

唐太宗听后勃然大怒："你认为我不如隋

炀帝，那么我比暴君桀、纣又如何呢？"张玄素毫不畏惧，坚持说："假若此殿盖成，大唐将要重蹈夏、商亡国的覆辙！"最终，唐太宗停止了这一工程。大臣魏徵更是一位耿直的谏臣，他一生向唐太宗进谏二百多次。有时甚至当廷与唐太宗顶撞，面对盛怒的唐太宗，他依然面不改色，坚持己见，直到唐太宗接受自己的意见为止。

唐太宗在50岁时病逝，纵观他当政的二十多年，尽管后期屡兴徭役，但总的来说，他仍然是历代封建统治者中少有的开明君主。他崇尚节俭，吏治清明，人民生活相对和平安定，社会经济稳步发展，因此，"贞观之治"作为封建社会少有的治世局面，自然受到了后人的颂扬。

一代女皇武则天

YIDAI NVHUANG
WUZETIAN

武则天（624－705），今山西文水县人。她父亲原是经营木材生意的商业地主，因隋末跟随李渊起兵而入长安，官至工部尚书。武则天14岁时，被唐太宗李世民选入宫中，封为才人（妃嫔的称号），赐号"武媚"。唐太宗死后，她入长

ān gǎn yè
安感业
sì wéi ní
寺为尼。
dàn jǐn guò
但仅过
liǎng nián táng
两年，唐
gāo zōng lǐ zhì
高宗李治
yòu zhào tā rù gōng
又召她入宫，
fēng wéi zhāo yí   fēi pín
封为昭仪（妃嫔
de chēng hào   nián
的称号）。655年，
táng gāo zōng fèi wáng huáng hòu wéi shù
唐高宗废王皇后为庶
rén   lì wǔ zhāo yí wéi huáng hòu
人，立武昭仪为皇后。

wǔ zé tiān hěn yǒu zhèng zhì cái gàn dāng huáng hòu bù jiǔ biàn
武则天很有政治才干，当皇后不久，便
kāi shǐ cān yù cháo zhèng táng gāo zōng yīn wèi jīng cháng yǒu bìng bǎi
开始参与朝政。唐高宗因为经常有病，百
guān zòu shì biàn duō lìng tā chǔ lǐ
官奏事，便多令她处理。

táng gāo zōng sǐ hòu wǔ hòu qīn zì zhí zhèng dāng shí xú jìng
唐高宗死后，武后亲自执政。当时徐敬
yè yīn zuì biǎn guān yǔ tóng bìng xiāng lián de táng zhī qí wèi sī wēn
业因罪贬官，与同病相怜的唐之奇、魏思温

等以"匡复庐陵王"为号,在江都起兵,实际上是想割据江东。

于是武则天出兵镇压徐敬业,最终,徐敬业失败。4年以后,宗室博州刺史琅邪王李冲和他的父亲豫州刺史越王李贞起兵反武,但他们同样以失败告终。

武则天面临着宗室、贵族以及一部分将相大臣的挑战,于是采取了两方面措施:一是严厉镇压反对派;二是大量提拔庶族地主做官,以便笼络人心,培养忠于自己的大批官僚。

自660年武则天开始参与朝政以来,她便一步步地谋划,想夺取皇位。最终在690年,武则天称帝,改国号为"周",号"圣神皇帝"。

wǔ zé tiān zhí zhèng yǐ lái   jì xù tuī xíng táng chū de jī běn
武则天执政以来,继续推行唐初的基本

guó cè   jiā qiáng zhōng yāng jí quán   wéi hù guó jiā tǒng yī   yā zhì
国策:加强中央集权,维护国家统一;压制

bù fen shì zú   fú zhù xīn xīng shù zú   fǎn duì mín zú yā pò   bǎo wèi
部分士族,扶助新兴庶族;反对民族压迫,保卫

biān fáng ān quán
边防安全。

tā bǐ jiào zhòng shì nóng yè shēng chǎn   xià lìng jiǎng lì nóng
她比较重视农业生产,下令奖励农

sāng   bìng bǎ tā zuò wéi kǎo hé dì fāng guān zhèng jì de zhǔn shéng
桑,并把它作为考核地方官政绩的准绳。

qí zhōng xīng xiū shuǐ lì shì nóng yè fā zhǎn de yí gè biāo zhì
其中兴修水利是农业发展的一个标志。

zài zhèng zhì shang   yā zhì guì
在政治上,压制贵

qī hé bù fen jiù shì zú   tí gāo shù
戚和部分旧士族,提高庶

zú dì zhǔ de zhèng zhì dì wèi
族地主的政治地位。

wǔ zé tiān shàng
武则天上

tái bù jiǔ   biàn
台不久,便

lìng xǔ jìng zōng
令许敬宗、

lǐ yì fǔ gǎi xiū
李义府改修

shì zú zhì   wéi
《氏族志》为

《姓氏录》，规定凡是在唐朝"得五品官者，皆升士流。于是兵卒以军功至五品者，尽入书限"（《旧唐书·卷八十二·李义府传》）。这个做法就是将参与唐朝政权的庶族都提升为士族，以压制旧士族的地位。

武则天进一步发展了科举制度。隋朝和唐朝初期，举人答卷没有糊名制度，评卷时容易徇私舞弊。武则天上台后，改革科举试卷管理办法，采用糊名制度，使评卷人不能知道答卷人的姓名，这样有利于人才的选拔。

为了广揽人才，她创立"自荐"和"试官"制度，在各阶层中广泛网罗人才，有记载称当时是"天下选残明经、进士及下村教童蒙博士，皆被搜扬，不曾试练，并与美职"。

在武则天统治时期，社会经济稳定发展，

劳动人民安居乐业，人口不断增加。在改善与边境各族的关系方面，武则天也作出了一定的贡献。

705年，大臣张柬之等发动宫廷政变，强迫武则天传帝位给唐中宗李显，恢复了唐的国号。就在这年11月，武则天病死在上阳宫。

安史之乱

A NSHI
ZHI LUAN

　　唐玄宗前期，中原长期没有发生过战争，老百姓连续几代都过着比较平静的生活，朝廷甚至认为中原不必有武装，精兵猛将都应在东北、西北各镇。

　　天宝十四年（755年），安禄山串通部将

史思明发兵15万在范阳发动叛乱，以"奉密旨讨杨国忠"为名，挥师南下。

但安禄山叛乱的消息传到了长安，唐玄宗等人还以为是谣言。得到了确切的消息后，满朝文武无不惊恐失色。

当时安西节度使封常清正在长安，唐玄宗便派他赶往洛阳，募兵镇压安禄山。接着又在长安征了一些兵，连同原来的禁军，凑了5万人马，交给高仙芝带领，屯驻陕州。同时派使者到朔方、河西、陇右，令各镇除留戍兵外，悉数内调。然而形势却急转直下，河南的危局已经无法挽救了。

叛军仍在一步步前进，人数也不断增加。

天宝十五年（756年）正月，安禄山自称大燕皇帝，改元圣武。不久，叛军攻陷了长安。

同年二月，颜真卿领兵联合清河、博平两郡兵马，大败叛军，攻克魏都（今河北大名），从此河北唐军声威大振。同时，唐朝任命李光弼为河东节度使，之后他收复了常山，打败史思明，并夺回7个县。此时，朔方节度使郭子仪率兵在常山和李光弼会师，共有兵马十余万人，迫使叛将史思明退守博陵（今河北

定县）。河北人民为了保家护园，各自组织义军武装抵抗叛军的侵扰，自此唐军在河北取得主动地位。郭子仪、李光弼又大破史思明于恒阳城下，斩4万余人。唐军的胜利，使安禄山惶恐万分，于是他离开东都。

正当叛军准备离开东都的时候，唐玄宗下了一道错误的诏令：强迫哥舒翰打出潼关进攻陕郡，使得唐兵几乎全军覆灭。天宝十五年（756年），叛军攻克潼关，唐玄宗狼狈出逃，行至马嵬驿，随行将士杀了奸

相杨国忠，又胁迫唐玄宗杀了杨贵妃，然后护送唐玄宗到达成都。

太子李亨被部下留在灵武主持军务，不久李亨继承帝位，他就是唐肃宗。

唐肃宗即位不久，郭子仪领精兵5万到达灵武，卓越的政治家李泌也来到灵武，支持唐肃宗平定叛乱。

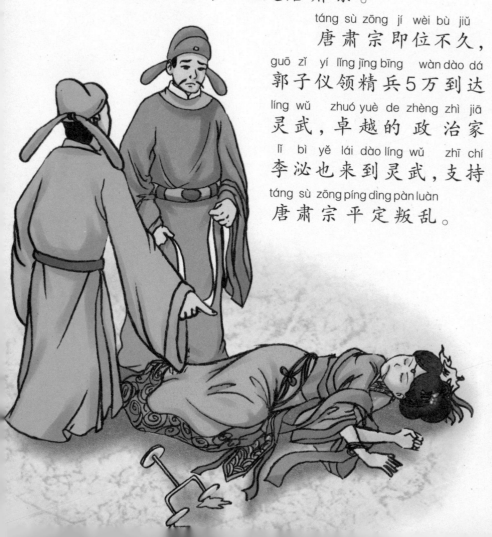

安史之乱爆发以后，黄河南北的广大地区或被叛军控制，或变成战场，人民流徙死亡。朝廷的经济来源，基本上依靠江淮以南供应。西北兵力、东南财税，加上根本的一条——百姓反对叛军，政府就有了很大的取胜把握，再加上叛军的内部分裂，使唐朝政府更加容易取胜。

在郭子仪和李光弼的指挥下，经历了8年艰苦的战争，朝廷终于在763年正月，平定了安史之乱。

任何叛乱都不是无缘无故发生的,安史之乱是天宝年间朝政极度腐败的产物。唐肃宗建立的新朝廷,政治上并没有什么新气象,它仍旧沿袭天宝年间的积弊,这就是唐朝能够消灭叛乱,却不能杜绝叛乱的根源。

国家的经济遭到了严重的破坏,而且出现了藩镇割据的局面。

唐朝从此走向了衰落。

五代十国

从年表上看，五代起于开平元年（907年）朱温建立后梁，它是唐朝末年藩镇割据混战的继续和发展。此时中原的5个王朝相继建立，其中的后汉只存在了4年。每个朝代更迭之时，无不经过一番争

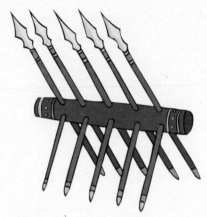

战，中原人民所受的苦难十分深重。中原以外，又有十国，与中原正朝并存的常有几个政权。此时的分裂程度几乎与战国时期不相上下。

十国中有9个在秦岭淮河以南。大致说来，沿长江由西而东，分成巴蜀、两湖、江淮、两浙4个地区，再加上福建、两广共是6个地区。南方九国先后在这些地区活动。巴蜀先有前蜀，后有后蜀，这个地区始终存在着一大一小两个国家。江淮先有吴，后有南唐，它们的版图西到鄂东，是南方最强大的割据势力。其余两浙的吴越、福建的闽、广东和广西的南汉，各自占有一个地区。从上文的叙述可知，与中原王朝同时并存的南方国家有7个。

十国中只有一个在北方，即北汉。北汉是后汉的残余势力，占有山西省的大部分和陕西的东北角。

北方原有唐朝留下来的许多藩镇，河东的李克用就是其中之一。残唐和后梁时，朱温（后梁太祖）

一直同李克用父子对峙，朱、李两家与河北的旧藩镇时和时战，几个旧藩镇时而亲朱，时而亲李，关系极其复杂。朱温称帝的时候，旧藩镇多数已被两家吞并，然而幽沧（幽州和沧州）的燕（刘仁恭父子）和陕西凤翔一带的岐（李茂贞）仍旧保持着独立的地位，他们的实力比南方某些国家强得多，但是却没有被算到十国中去。

州幽

北方还有一种情形，五代初年，正是契丹崛起的时候。历史上有着颇多巧合的事情，朱温称帝之年刚好是契丹族领袖耶律阿保机登位的那年（当然，称帝是9年以后的事情）。朱梁的北面是李、刘两家统治的地区，把它和契丹隔开，但唐、晋、汉、周都和契丹对峙。这样错综复杂的情形，在我国几千年的历史上是极为罕见的，因此，五代十国时期的兴废争战之事波澜起伏，与历史上许多时

期相比，都更为热闹。

另外，五代十国又是一个由分裂混乱走向统一安定的过渡时期。从唐代中叶的安史之乱到北宋开国，是一个探索的过程。以均田制为经济基础的统一王朝瓦解后，政府在不直接掌握大量土地、牢固控制大量人丁的条件下，怎样才能保持统一和集权？这个问题要到宋初才能解决。五代时期的混乱现象给统治者提供了许多教训，五代后期的统治

者，如郭威、柴荣已经在总结历史的经验教训，摸索新的出路。此外，火药在战场上的出现、印刷事业的发展、一种新体裁的诗歌——词的兴起，都使我们不能不承认：五代还是一个颇有文化成就的时期。

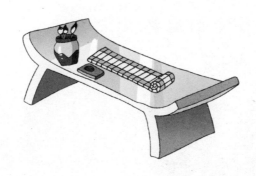

边境战乱 九州一统
——宋元

赵匡胤陈桥兵变

ZHAOKUANGYIN
CHENQIAO BINGBIAN

wǔ dài shí guó zhōng　hòu zhōu de zhōu shì zōng chái róng shì yí
五代十国中，后周的周世宗柴荣是一

gè fēi cháng xián néng de guó jūn　tā zhāo xián nà shì　dà lì rèn yòng
个非常贤能的国君，他招贤纳士，大力任用

yǒu cái néng de rén　shǐ hòu zhōu
有才能的人，使后周

de guó lì zhú jiàn qiáng dà qǐ lai
的国力逐渐强大起来。

rán ér tā piān piān yīng nián zǎo
然而他偏偏英年早

shì　gāng gāng wěn dìng xia lai de
逝，刚刚稳定下来的

zhèng zhì jú miàn yòu biàn de
政治局面又变得

wēi jī sì fú
危机四伏。

zhōu shì zōng sǐ shí
周世宗死时，

他的儿子柴宗训只有

7岁，即位后被

称为周恭

帝，结果大权

旁落，掌握在

禁军统帅、官

名叫做殿前都

点检的赵匡胤

手中。

　　这个赵匡胤原本是

周世宗手下的一员大将，祖籍涿州，在后

唐庄宗时管理过禁军。他体貌雄伟，性情

豪爽。

　　早年，赵匡胤曾阴差阳错地投奔到后

汉枢密使郭威的营中，做了一名偏将。这

时，后汉朝廷内部发生冲突，汉隐帝怀疑郭威造反，杀害了郭威在东京的家人，又密令杀掉郭威，郭威一怒之下带兵打进东京，自己做了皇帝，国号"后周"。

在拥立郭威做皇帝的过程中，赵匡胤出了不少力，因此，他也成了后周禁卫军的一名军官。然而郭威只在位三年零半个月就病死了，于是他的养子柴荣即位，也就是周世宗。

在跟随周世宗南征北战的过程中，赵匡胤更是立下了赫赫战功。在周世宗的步步提拔下，赵匡胤牢牢确立了自己在这支最精锐的禁军中的权威地位，并且迅速巩固了自己的势力，许多禁军将领也都是赵匡胤的亲信。周世宗一死，后周就没有任何人的势力可以和赵匡胤相抗衡了。

960年春节，赵匡胤在陈桥发动兵变，取代周恭帝称帝，因为赵匡胤当时兼任宋州归德军节度使，于是就用"宋"为国号，改元"建隆"，因为都城在汴京（即开封），习惯上称赵匡胤建立的宋朝为北宋。赵匡胤就是历史上的宋太祖。

一代天骄成吉思汗

YIDAI TIANJIAO
CHENGJISIHAN

12世纪至13世纪，蒙古部落的势力不断强大，这一切都要归功于成吉思汗。

成吉思汗（1162－1227），原名铁木真，是蒙古历史上的英雄，是12世纪末13世纪初伟大的军事家和政治家，是对蒙古历史、中国历史乃至世界历史都产生过重要影响的人物。

铁木真9岁的时候，他的父亲被塔塔尔部落的人毒死，他的家境骤然败落，陷入了悲苦境地的铁木真的母亲性格刚强，铁木真深受母亲的影响，从小就养成了不畏艰险的性格。

日月如梭，铁木真逐渐长成了一个体格魁梧健壮、智勇双全的小伙子，而且声望日高。这时，他父亲的旧部也逐渐归附于他。1186年，铁木真被众人推举为"合罕"，成为了一个小部落的首领。

1206年，铁木真统一蒙古并成为全蒙古的大汗，被尊称为"成吉思汗"。他是蒙古族历史上第一位全族公认的帝王。大蒙古国的建立标志着蒙古民族共同体的形成，标志着当时的蒙古高原进入了早期游牧封建社会。成吉思汗统一蒙古后，建立起行政和军事合一的政治机构，实行领户分封制，按等级分封功臣。他还建立

了司法部门，确定了蒙古的通行文字，并且使宗教为他的统治服务。在确立了蒙古汗国的规模后，成吉思汗又凭借其强大的骑兵，展开了大规模的军事行动。

从1207年起，成吉思汗开始了对蒙古高原周围地区的征服活动。1211年和1215年，成吉思汗两次大举进攻金国，并占领了金国的中都。进入中原地区以后，成吉思汗的实力更强了。从1219年起，成吉思汗亲率大军向西大举进攻，攻取了现在的中亚、西亚，并攻入俄罗斯平原，一直打到欧洲中部的多瑙河流域，建立了横跨欧、亚两洲的蒙古大汗国。此时的大蒙古国已经成了地域广袤、民族众多、社会形态多样的大帝国。成吉思汗的军事活动沟通了东西交通，促进了中西交流，但也给这些地区的经济文化造成了一定程度的破坏。

1126年，成吉思汗因西夏国王违约，没有派兵

从征中亚，亲征西夏。1127年，成吉思汗率军强渡黄河，将西夏都城中兴团团包围，西夏政权岌岌可危。此时又发生了强烈地震，瘟疫流行，病殍遍地，西夏已无力抵抗蒙军。西夏国王被迫乞降，成吉思汗应允，并将部队从六盘山移到清水县的西江。然而，就在这时，成吉思汗本已长年

劳累病弱的身体，因出猎坠马而雪上加霜，危在旦夕。1127年秋天，成吉思汗病逝在渭河边清水县的行宫中。

成吉思汗的战争格言是："对于国家的敌人来说，没有比坟墓更好的地方了。"成吉思汗的一生是叱咤风云、建功立业的一生，他统率下的蒙古铁骑震撼了13世纪的欧亚大陆，甚至在世界历史上都有"黄祸"之称。虽然他发动的战争具有侵略性质，给西亚、中亚和欧洲人民造成了灾难，但是，他毕竟以一位

dà jūn shì jiā de xióng cái dà lüè chuàng zào le shì jiè hǎn jiàn de qí
大军事家的雄才大略 创 造了世界罕见的奇

jì zài zhōng huá mín zú nǎi zhì shì jiè de lì shǐ shang chéng jí
迹。在 中 华民族乃至世界的历史上，成吉

sī hán dōu shì yí wèi liǎo bu qǐ de yīng xióng
思汗都是一位了不起的英雄。

烽烟四起 盛世宏图
——明清

朱元璋建立明朝
ZHUYUANZHANG
JIANLI MINGCHAO

朱元璋（1328－1398），字国瑞，明朝开国皇帝，杰出的政治家、军事家，史称明太祖。

1328年，朱元璋出生于濠州（今安徽凤阳）钟离乡一户贫苦的农民家里。

1352年，朱元璋投奔

到濠州红巾军郭子兴的队伍。由于他勇武过人，很快就被提拔为亲兵九夫长，不久，他又成为郭子兴的亲信，并娶了郭子兴的养女马氏为妻。此后，朱元璋以战功先任镇抚，后升总管之职，成为濠州红巾军中统兵一方的大将。

1355年，郭子兴病死，朱元璋以左副元帅职成为这支起义军的实际领袖。同年，刘福通在亳州立韩山童之子韩林儿为帝，称小明王，年号"龙凤"，建立"大宋"政权，朱元璋和濠州起义军开始用此年号。此时，许多知识分子聚集在朱元璋周围，如冯国胜、冯国用、李善长等，在这些人的影响下，朱元璋开始迈出帝王之路的第一步。

1356年，朱元璋率军南下，攻破集庆

（今南京），招降了康茂才等军民五十余万。朱元璋改集庆路为应天府，设立天兴建康翼统军大元帅府，龙凤政权任命朱元璋为江南等处行中书省平章。朱元璋利用自己居于各支起义军中的有利地位，建立起以应天为中心的坚固根据地。

在元末农民大起义的打击下，元朝统治很快土崩瓦解，起义军控制了全国的大部分地区。元朝统治集团内部也矛盾重重，争权夺利，互相混战。1361年，朱元璋趁元

朝统治集团内讧之机，开始了兼并群雄的斗争。他制定了先陈后张的方针，把矛头首先对准实力雄厚、野心勃勃的陈友谅。陈友谅原是南方红巾军徐寿辉的部将，1351年，徐寿辉、邹普胜等人起义，建立天完政权，成为南方抗元斗争的一支重要力量。1357年，天完政权内讧，陈友谅掌握了兵权。1360年，陈友谅杀死天完皇帝徐寿辉，改国号为

"汉"，自立为帝。

从1361年到1364年，经过4年的长期战争，朱元璋击败了陈友谅政权。灭汉之后，朱元璋抛开龙凤政权的封号，自立为吴王。接着，朱元璋的矛头又指向了张士诚和方国珍等武装力量。

1367年，朱元璋在剿灭群雄之后，决心北上夺取政权。他命令大将徐达、常遇春率二十五万大军北伐，并亲授作战方略：先取山东、撤掉大都（今北京）的屏藩，然后回师河南，进据潼关，占领大都的门户，最后夺取大都，问鼎中原，统一全国。

1368年5月，朱元璋在应天称帝，国号"明"，年号"洪武"。1371年，朱元璋占据了四川，1387年，收回了辽东。至此，朱元璋

在我国历史上又一次完成了统一全国的伟大事业。

明王朝建国后，朱元璋为了巩固明王朝的统治，对政治、经济、军事等许多方面进行了一系列整顿和改革，进一步强化了中央集权制度。

朱元璋是我国封建社会中不多见的杰出君主，他一生勤于政事，事必躬亲。1398年，朱元璋逝世于南京，享年71岁。

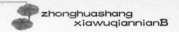

郑成功收复台湾

ZHENGCHENGGONG
SHOUFU TAIWAN

zhèng chéng gōng
郑 成 功（1624—1662），
běn míng sēn zì dà mù fú jiàn quán zhōu fǔ
本名森，字大木，福建泉州府
nán ān xiàn rén míng qīng shí qī jié chū
南安县人，明清时期杰出
de mín zú yīng xióng
的民族英雄。
zhèng chéng gōng de fù qīn
郑 成 功的父亲
zhèng zhī lóng cóng xiǎo bù xǐ dú
郑芝龙从小不喜读
shū nián qīng de shí hou yīn gù lí
书，年轻的时候因故离
jiā chū zǒu zài hǎi shang cóng shì zǒu sī jīng shāng huó dòng
家出走，在海上从事走私经商活动。1624
nián zhèng chéng gōng chū shēng zhèng chéng gōng chū shēng hòu fù
年，郑成功出生。郑成功出生后，父
qīn zhèng zhī lóng yǐ cóng yí gè zǒu sī shāng rén biàn chéng le yí gè
亲郑芝龙已从一个走私商人变成了一个

势力强大的海盗集团首领，经常出没在中国东南沿海、日本及东南亚各国之间。

1628年，郑芝龙接受了明王朝的招抚，后来官至总兵。

清军进军福建的时候，郑芝龙向清朝投降。

起初，郑成功苦苦劝阻父亲。后来，他眼见父亲执迷不悟，气愤之下，就独自跑到南澳，招募了几千人马，坚决地举起了抗清的大旗。清王朝知道郑成功是个难得的将才，便几次三番派人诱降。郑成功却毫不动摇，坚决跟郑芝龙断绝了父子关系。

63

郑成功的兵力逐渐发展壮大起来，并在厦门建立了一支水师。1647年，桂王永历政权建立，郑成功改奉永历年号，被封为威远侯。从此，郑成功与西南的抗清将领李定国往来呼应，成为南方抗清斗争中的两大支柱。

1659年，郑成功北伐失败后，决定向台湾发展。

台湾自古以来就是我国的领土。明朝末年，荷兰人趁明王朝腐败无能，霸占了台

wān xiū jiàn chéng bǎo bìng xiàng tái wān rén mín lè suǒ kē juān zá
湾，修建城堡，并向台湾人民勒索苛捐杂
shuì zhèng chéng gōng jué xīn gǎn zǒu hé lán qīn lüè jūn tā mìng lìng
税。郑 成 功决心赶走荷兰侵略军，他命令
jiàng shì xiū zào chuán zhī shōu jí liáng cǎo zhǔn bèi dù hǎi zuò zhàn
将士修造船只，收集粮草，准备渡海作战。

nián zhèng chéng gōng
1661年，郑 成 功
ràng ér zi zhèng jīng dài lǐng yí bù fen
让儿子郑 经带领一部分
jūn duì liú shǒu xià mén zì jǐ
军队留守厦门，自已
qīn shuài míng jiàng
亲率25000名将
shì fēn chéng jǐ bǎi sōu zhàn
士，分乘几百艘战
chuán hào hào dàng dàng de
船，浩浩荡荡地
cóng xià mén chū fā tā
从厦门出发。他
men mào zhe fēng làng yuè
们冒着风浪，越
guò tái wān hǎi xiá zài
过台湾海峡，在

澎湖停船休整，准备直取台湾。

荷兰侵略军听说郑成功要率大军进攻台湾，十分惊慌。他们把军队集中在台湾（今台湾东平地区）和赤嵌（今台南地区）两座城堡，并在港口沉了很多破船，想阻挡郑成功的船队登岸。

郑成功则利用海水涨潮的时机，驶进了鹿耳门，登上台湾岛。

鹿耳门港门狭窄，暗礁淤滩星罗棋布，水又很浅，大船很难通过，因此，荷兰人并未在此设防。郑成功的部队得以顺利登陆。

1662年初，侵略军头目被迫到郑成功大营投降，他在投降书上签字后，灰溜溜地离开了台湾。

至此，荷兰殖民主义者侵占我国台湾长

达38年（1624—1662）的历史宣告结束。

郑成功收复台湾后，改赤嵌城为承天府，又改台湾城为王城。从此，台湾建立起了与大陆相同的行政机构。在经济上，郑成功积极鼓励发展生产，大力推行垦荒屯田的政策，在很短的时间里便使台湾的经济迅速发展起来。

郑成功收复台湾有着巨大的历史意义，这使陷入荷兰殖民者之手长达几十年的宝岛重新回到中国人民的手中，使祖国的神圣领土免遭分裂，保障了国家统一和领

tǔ wán zhěng　zhèng chéng gōng jīng yíng tái wān cù jìn le tái wān gè
土 完 整 。郑 成 功 经 营 台 湾 促 进 了 台 湾 各

zú rén mín yǔ dà lù rén mín de yǒu hǎo guān xì　cù jìn le tái wān
族 人 民 与 大 陆 人 民 的 友 好 关 系 ,促 进 了 台 湾

zhèng zhì　jīng jì hé wén huà shì yè de fā zhǎn
政 治、经 济 和 文 化 事 业 的 发 展 。

　　nián　qīng jūn jìn rù tái·wān　zhèng chéng gōng de hòu
1683年 ,清 军 进 入 台 湾 , 郑 成 功 的 后

dài guī shùn qīng cháo　cì nián　qīng zhèng fǔ shè zhì tái wān fǔ　lì
代 归 顺 清 朝 。次 年 ,清 政 府 设 置 台 湾 府 ,隶

shǔ fú jiàn shěng
属 福 建 省 。

康熙帝平定三藩

清朝进入北京后，中原地区进入了短暂的和平时期。1661年，顺治帝病死，他的儿子玄烨即位后，战乱又起，玄烨就是清圣祖康熙皇帝。

康熙帝即位的时候年仅8岁。按照顺治帝的遗诏，由4个辅政大臣帮助他处理国家大事。辅政大臣中的鳌拜为人暴躁，傲慢无礼，仗着

自己手中握有兵权，欺负康熙帝年幼无知，做事独断专横。

康熙帝15岁的时候，用计除掉了鳌拜，朝廷上下都很高兴。一些原来比较骄横的大臣也都知道了这个年轻皇帝的厉害，便不敢再在他面前放肆。

康熙帝亲政后，大力整顿朝政，奖励生产，惩办贪污受贿的官员，使新建立的清王朝渐渐强盛起来。当时，南明政权虽然已经灭亡，但是南方有三个藩王令康熙帝十分担心。这三个藩王都是投降清朝的明军将领，一个是引清兵入关的吴三桂，一个叫尚可喜，一个叫耿继茂，这三王合起来叫做"三藩"。他们各拥重兵于一方，成为威胁国家安定的隐患。

三藩之中，吴三桂最强。吴三桂当上藩王之后，十分骄横，不但牢牢掌握地方兵权，还控制财政，自派官吏，根本不把清廷放在眼里。

康熙帝知道，要在全国统一政令，三藩是很大的

障碍，一定要削弱他们的势力。当时尚可喜已年老，想回辽东老家，他给康熙上了一道奏章，要求让他儿子尚之信继承王位，留在广东。

康熙帝批准尚可喜告老还乡，但却不让他儿子接替平南王爵位。这触怒了吴三桂、耿精忠（耿继茂的儿子）二人，他们表面上主动提出撤除藩王爵位、回到北方的请求，暗地里却积极准备发动叛乱。

1673年，吴三桂起兵反抗清廷。吴三桂

在西南一带势力非常庞大，一开始，叛军打得很顺利，长驱直入，一直打到湖南。之后，吴三桂又派人跟广东的尚之信和福建的耿精忠联系，约他们一同起兵。这两个藩王见有吴三桂撑腰壮胆，也带兵起来造反。历史上把这件事称为"三藩之乱"。

三藩一乱，整个南方很快被叛军占领。康熙帝并没有被他们吓倒，他一面调兵遣将，集中兵力讨伐吴三桂；一面下令停止撤

销 尚之信、耿精忠的藩王 称号,以便把他
们稳住。尚之信、耿精忠一看形势对吴三桂
极为不利,便又向清廷投降了。

1681年,清廷用了8年时间,终于平定
了叛乱,统一了南方。

王朝腐败无能 名士奋起抗争
——晚清和民国

鸦片战争

当中国封建社会停滞不前、清王朝国势日下、委靡不振的时候,西方资本主义却迅速发展壮大起来,殖民扩张和殖民掠夺更加肆虐疯狂。欧美列强,尤其是远隔重洋、发展势头强劲的资本主义国家英国,更是把中国列为其侵略的主要目标之一。它们不断把商品输入

zhōng guó shì chǎng
中国市场。

kāi shǐ　yóu yú zhōng guó de fēng jiàn shè huì cháng qī yǐ lái
开始，由于中国的封建社会长期以来

shǐ zhōng shì zì jǐ zì zú de zì rán jīng jì　yīn cǐ zhōng yīng mào yì
始终是自给自足的自然经济，因此中英贸易

zhōng zhōng guó cháng qī chǔ yú chū chāo de yǒu lì dì wèi　bái yín nèi
中中国长期处于出超的有利地位，白银内

liú　yú shì yīng guó qīn lüè zhě jiù cǎi qǔ hǎi dào shì qiáng qǔ lüè duó
流。于是英国侵略者就采取海盗式强取掠夺

de shǒu duàn　xiàng zhōng guó dà liàng zǒu sī tè shū shāng pǐn　　yā
的手段，向中国大量走私特殊商品——鸦

piàn　tóng shí　měi é děng ōu měi zhū
片，同时，美俄等欧美诸

guó yě cān yù le zhè zhǒng fēi
国也参与了这种非

cháng bù guāng cǎi de　　mào
常不光彩的"贸

yì　　yóu yú yǐ dào guāng huáng
易"。由于以道光皇

dì wéi dài biǎo de qīng zhèng fǔ yī
帝为代表的清政府一

wèi tuǒ xié　zhì shǐ yā piàn zǒu sī
味妥协，致使鸦片走私

huó dòng gèng jiā chāng jué
活动更加猖獗。

yā piàn zǒu sī dào zhōng
鸦片走私到中

guó　gěi zhōng guó shè huì　qīng
国，给中国社会、清

政府及广大人民带来了严重的祸患，加深了封建统治的危机。

罪恶的鸦片贸易使中国人民与外国侵略者之间的矛盾日益激化，人民强烈要求禁烟。因此，以林则徐为代表的一部分官员坚决主张禁烟。道光皇帝便任命林则徐为钦差大臣，前往鸦片走私活动十分猖獗的广东禁烟。

1839年3月，林则徐到达广州后，严查烟贩，整顿水师，惩办不法官吏，晓谕外商呈缴鸦片。在人民群众的支持下，共缴出鸦片约118.8万千克，在虎门海滩当众销毁，这就是震惊中外的"虎门销烟"。

1840年6月，英国以此为借口派军队到达广东附近海面，严密封锁珠江口，第一次鸦

^{piàn}片 ^{zhàn}战 ^{zhēng}争 ^{zhèng}正 ^{shì}式 ^{bào}爆 ^{fā}发 ^{le}了。

战争爆发后，英军见广东水师戒备森严，严阵以待，他们不敢贸然进犯，便北上进攻福建厦门。闽浙总督邓廷桢亲自率领军民坐镇厦门，击退了英军的多次进攻。侵略者便继续北上。由于清政府毫无防备，7月，

79

浙江定海失守，英军迅速北犯白河口，进逼天津，并以武力恫吓，提出割地赔款的无耻要求。昏庸的清政府于1842年8月29日同英军先签订了丧权辱国的《南京条约》，后又签订了作为《南京条约》补充的《五口通商章程》和《虎门条约》。至此，第一次鸦片战争结束。

1856年10月，第二次鸦片战争爆发。英军以香港为基地，向广州附近各地炮台发动了疯狂的进攻。12月，法国派军来华，与英军结成英法联军向中国守军开战。美国和俄国此时也出兵充当帮凶，公开支持英法的侵略行径。没多久，侵略军占领广州。

1858年4月，英、法、美、俄4国得寸进尺，扬言要攻取清朝的北京。在侵略者的淫威恫吓之下，清政府被迫于同年6月与美、俄、英、法分别订立了《天津条约》。

1859年6月，侵略者利用换约之机，进一步扩大侵略战争。1860年8月，英法军舰占领了天津，进逼北京。9月22日，咸丰皇帝率后妃、大臣们逃往承德避暑山庄，命恭亲王奕䜣向侵略者求和。10月，英法联军完全控制北京。侵略军在京津地区肆意烧杀淫

掠，珍藏中国古代图书、文物和珍宝的"万
园之园"——圆明园被侵略者洗劫一空后
纵火焚毁。10月下旬，在英法联军的武力逼迫和
沙俄的恫吓下，清政府与英法签订了《天津条
约》，又与英、法、俄分别签订了《北京条约》。第
二次鸦片战争至此结束。

　　第二次鸦片战争中，沙俄趁火打劫，
胁迫清政府先后签订了《中俄瑷珲条约》《北
京条约》《中俄勘分西北界约记》。在短短几
年之内，沙皇俄国轻而易举地抢夺了中国
近150万平方千米的土地。美国也趁机攫取
了和英法两国同样的侵略特权。

太平天国运动

TAIPINGTIANGUO
TYUNDONG

鸦片战争后，清政府被迫签订了一系列不平等条约，背上了沉重的债务。为了向英国支付大量的"战争赔款"，清政府日益加紧搜刮民脂民膏，残酷压榨剥削百姓。人民纷纷揭竿而起，反抗官府的统治和压榨。从1840年至1850年，全国先后出现

100余起农民起义，其中洪秀全领导的太平天国起义规模最大，时间最长，波及面最广，影响最深。

洪秀全（1814—1864），广东花县人。1843年，他组织创立了"拜上帝会"。1851年1月11日，洪秀全率领众多信徒在金田村起义，建国号"太平天国"。起义军队伍不断发展壮大，严重威胁着日益腐朽的清王朝。

1853年初，太平军占领了南京。这时洪秀全又将南京改称天京，把它当做太平天国的都城。不久，洪秀全颁布《天朝田亩制度》，提出了"耕者有其田"的口号。此时，在太平军的威胁下，清政府慌了手脚，清兵与地主武装用重兵合围天京，洪秀全派李开芳、林凤祥率2万太平军继续北伐。北伐军直捣直隶,逼近北京。但就在这时,太平天国领导集团内部发生了严重的内讧。这场大变乱是太平天国由盛到衰、由强到弱的转折点。至此,太平天国运动一步步走向了衰败。

1860年6月,一个名叫华尔的美国人在美国公使的指使下,组织了一支"洋枪队",与清朝政府的军队勾结在一起,大力镇压太平军。7月16日,美国人华尔率领"洋枪队"猛烈攻打太平军占据的松江和青浦两个地

方。双方展开激战，一时间枪声大作，硝烟四起。8月2日，太平军的援军及时到达青浦，大破"洋枪队"和清军。在这次战斗中，华尔受5处重伤，"洋枪队"遭到惨败。

太平军收复松江后，又乘胜大举挺进，继续向上海进军。此时，太平军的领导人之一——李秀成对外国侵略者还存在某种幻想，希望他们能够保持"中立"，并再次向他们重申太平军保护外国侨民的政策。但是，外国侵略者根本不听，公然宣布"上海城及外国租界由英法联军占领"，并炮轰太平军的大营，致使太平军遭受重大伤亡。

1861年底，太平军又发起进攻，直逼上海。这时，外国侵略者和清朝统治者又勾结到一起，组织了"中外会防局"，拼凑了一支新的"洋枪队"。这次，这支军队由英国海军提督何伯、陆军提督迪佛立、法国海军提督卜罗德及美国的华尔联合统率。他们向太平军发动了猛烈的进攻，妄图一举消灭太平军，达到他们进一步控制清政府的目的。这使太平军遭到了重创，1864年，天京被攻陷。

太平天国后期虽然取得了很大胜利，势

力发展到十几个省，斗争坚持长达14年，但在曾国藩、左宗棠的湘军与李鸿章的淮军及英、美等侵略者的联合进攻下，最终失败了。但是，太平天国毕竟给外国侵略者和清政府以沉重打击，动摇了清朝的统治，加速了清朝的灭亡。太平天国提出的口号和理想反映了当时人民的要求和内心的呼声。

戊戌变法

WUXU BIANFA

《马关条约》签订后，举国上下一片骂声，凡有爱国之心的人无不气愤。此时，正值全国举人在北京会试。康有为、梁启超等人联合广东籍举人联合上书皇上，请求清政府不要批准这个条约。各省举人听说后，纷纷起来响应。

事后，康有为、梁启超二人一

起写了长达10000多字的《上皇帝书》,参加会试的各省举人都签了名,这就是轰动一时的"公车上书"。这次的"公车上书"皇帝虽然没有看到,但影响极大,康有为、梁启超成了维新派的领袖。

"公车上书"的第二天,会试发榜,康有为考中了进士,清廷授予他工部主事之职。不久,他又用进士名义第三次给光绪皇帝上书。这一次,光绪看到了。

光绪读了康有为的上书后,决心实行新政。

光绪于光绪二十四年四月二十三(1898年6月11日),由军机处颁布圣谕,向中外宣示。他在圣谕中说:"数年以来,中外臣工,讲求变法自强。迩者诏书数下，如开特科，裁冗兵，改武科制度，主大小学堂，皆经一再审定，筹之至熟，妥议施行。唯是风气尚未大开，论说莫衷一是。众喙哓哓，空言无补。试问时局如此，国势如此，若仍以不练之兵，有限之饷，士无实学，工无良师，强弱相形，贫富悬绝，岂真能制梃以挞坚甲利兵乎？……明白宣示，中外大小诸臣，自王公以至士庶，各宜努力向上，发愤为雄。……不得敷衍因循、徇私援引，致负朝廷谆谆告诫之至意，将此通谕知之。"

　　这道圣谕在朝野内外引起了极大的震动。

放眼天下，讲求时务，多了民主权利且富国利民，老百姓自然是欢迎的，而上层人物则是反对的。因此，他们纷纷联合起来，抵制新政并处处设置障碍，给维新派出难题。

光绪帝求治心切，恨不得立见成效，一日颁发数谕，以促变法，但收效甚微。虽然有了新政策，但还是那班旧人马，他们敷衍塞责，按兵不动。

光绪帝大怒，他任命自己的老师、户部尚书翁同龢为协办大学士。翁同龢虽年事已高，但学识渊博，对当今世界各国政治、经济、军事、文化颇有研究。

康有为、梁

启超变法的主张，光绪就是通过他才接受下来的。接着，光绪又任命康有为为工部主事。

光绪下令调查政令不行的缘由，发现是礼部尚书怀塔布等顽固派在作梗，公然违抗谕旨。光绪立即下谕，先后将六部九卿革职。

光绪二十四年四月二十七，光绪召见了康有为，任命康有为为总理衙门章京上行走（文书）。

接着，光绪又任命维新派人物谭嗣同、刘光

第、杨锐、林旭为军机章京行走（文书），并加四品卿衔参与批阅奏折、起草上谕的工作。

同时，李鸿章、敬信因筹办新政不力而被撤出总署。因这一年是农历戊戌年，故历史上称之为"戊戌变法"。

谭嗣同等4位维新人物进入军机处后，便成了皇帝的左辅右弼，整日协助皇帝批阅奏章，并提供意见，而那些昔日持有重权的军机大臣们却被闲置一旁。自从军机处、总理衙门调整官员以后，光绪的谕旨和下面的奏章运转极为神速。

于是，维新变法大张旗鼓、轰轰烈烈地开展起来了，他们先后开设了中国通商银行、矿物局、农工商总局……

然而，在光绪二十四年八月初六，慈禧太

hòu bǎ guāng xù ruǎn jìn yú zhōng nán hǎi de yíng tái
后把光绪软禁于中南海的瀛台。

wù xū biàn fǎ dào cǐ wán quán jié shù le cóng xuān bù biàn
戊戌变法到此完全结束了。从宣布变

fǎ dào biàn fǎ shī bài qián hòu zhǐ yǒu tiān suǒ yǐ rén men yòu
法到变法失败，前后只有103天，所以人们又

chēng wù xū biàn fǎ wéi bǎi rì wéi xīn
称戊戌变法为"百日维新"。

cí xǐ chóng xīn chuí lián tīng zhèng hòu de dì yī dào yì zhǐ jiù
慈禧重新垂帘听政后的第一道懿旨就

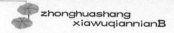
是下令缉拿康有为、谭嗣同等维新派人物。

光绪在风声鹤唳的时候，并没有忘记与他休戚与共的维新派。他在去瀛台之前，曾下一道密旨，令康有为等逃走。

康有为接到密旨后知道不妙，立即乘火车前往天津，又从天

津搭船逃往上海。他在英国领事的保护下，从上海去了香港。

梁启超接到密旨后急赴日本大使馆避难，后在日本人的保护下逃到日本横滨。

康、梁免遭其祸，其他人的命运却很惨烈。

谭嗣同因身在军机处，政变第一天便已知道消息。他感到极为震惊，但并未逃走，他说："各国变革无不从流血开始，中国维新也必须流血，那么，就从我谭某开始吧！"谭嗣同入狱后，在牢房里用炭写了一首表达壮志的诗：

望门投止思张俭，忍死须臾待杜根。

我自横刀向天笑，去留肝胆两昆仑。

最终，谭嗣同、杨深秀、康广仁、刘

光第、林旭、杨锐6人血染维新旗，倒在顽固派的屠刀之下，他们被称为"戊戌六君子"。

"六君子"被诛以后，荣禄升调军机大臣；袁世凯因告密"有功"，被慈禧赏赐白银5千两；而登上西苑湖命运之舟的光绪则于惊涛骇浪中载沉载浮……

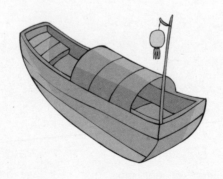

民主革命的先驱孙中山

孙中山于同治五年十月初六（1866年11月12日）出生在广东香山县（今中山市）翠亨村的一个农民家庭。

孙中山有个哥哥，名叫孙眉，17岁时即随舅父漂洋过海到夏威夷。在夏威夷，他经过几年辛苦劳作，成为当地一个新富。1877年，夏威夷政府鉴于孙眉的卓

99

越成就及在当地华人中的名望，准许他多招华人来岛大兴垦务。在大批涌向夏威夷的人潮中，刚满12岁的孙中山也随母亲登上了海轮。孙中山到夏威夷后就进了一所由英国基督教监理会创办的学校。三年后，他以第一名的优异成绩毕业。授奖那天，夏威夷国王亲手把奖品交给他，这是当地华人难得的殊荣。对孙中山来说，学校生活给他的最大好处是让他接触了西方文明，开阔了视野，并使他逐渐产生了向西方学习，从中寻找真理、改造中国的理想。

孙眉希望孙中山将来同他一起把夏威夷的产业做大，光宗耀祖。可是不久，他们之间爆发了一场意想不到的冲突，气得生性强悍的孙眉把弟弟送回了老家。孙中山

huí dào lǎo jiā hòu　tóng hǎo
回到老家后，同好
yǒu lù hào dōng yòu yīn　xiè
友陆皓东又因"亵
dú　mù ǒu shén xiàng bèi
渎"木偶神像被
cūn rén zhú chū cūn qu　yú
村人逐出村去，于
shì tā hé lù hào dōng yì
是他和陆皓东一
qǐ jiā rù le jī dū jiào
起加入了基督教。
jiē shòu xǐ lǐ hòu　mù shī
接受洗礼后，牧师

wèi tā qǐ le xīn míng zi　　　sūn yì xiān
为他起了新名字——孙逸仙。

　　nián chūn　sūn zhōng shān de fù qīn bìng zhòng　liǎng xiōng
　1888年春，孙中山的父亲病重，两兄
di gǎn huí lǎo jiā shì fèng　zài zhè cì jiǔ bié chóng féng zhōng　sūn méi
弟赶回老家侍奉。在这次久别重逢中，孙眉
zhōng yú kāi shǐ gǎn dào dì di zài zhuī
终于开始感到弟弟在追
qiú yì zhǒng wěi dà de mù biāo　yú
求一种伟大的目标，于
shì tā gǔ lì dì di bìng chéng wéi
是他鼓励弟弟并成为
dì di zuì yǒu lì de zhī chí
弟弟最有力的支持
zhě　jiǎ wǔ zhàn zhēng shī bài
者。甲午战争失败

后，孙中山本着兴起革命的宗旨再次来到夏威夷。孙眉拿出自己的一部分财产给弟弟作为经费，又写了许多信函给那里的华侨亲友们，极力为孙中山的主张进行宣传。1894年11月，中国第一个革命团体——兴中会在夏威夷诞生了。11月24日，兴中会召开了第一次会议。最初入会会员有20余人，会议通过了由孙中山起草的《兴中会章程》。该

章程着重指出，民族正面临着严重的危机，"方今强邻环列，虎视鹰瞵""瓜分豆剖，实堪虑于目前"，同时大声疾呼"亟拯斯民于水火，

切扶大厦之将倾"，号召爱国志士团结起来

"振兴中华"。在入会秘密誓词中，更明确

提出"驱除鞑虏，恢复中国，创立合众政

府"的革命目标。

孙中山领导的兴中会是一个"驱除鞑

虏，恢复中国"的反清组织，清政府视之为

大逆不道，于

是处心积虑

地缉拿孙

中山。

1896 年 10

月 11 日至 23

日，孙中山在

伦敦遭非法绑

架，在清政府驻英

公使馆里度过了13天的"囚犯"生活，最后在使馆女仆的帮助下逃了出来。

20世纪初，随着国内革命形势不断发展，各地革命团体陆续出现。各革命团体都把推翻清政府作为自己斗争的目标，但在如何推翻以及成功以后怎么办等问题上，彼此间并不完全一致，活动地区也存在着一定的局限性。因此，组织一个全国性革命大团体就成了资产阶级革命派的当务之急。

1905年7月，孙中山从欧洲到达日本，倡议将革命团体联合起来，建立革命联盟组织。7月30日，他召开筹备会议，与会者包括兴中会、华兴会、光复会、科学补习所的部分成员，并有留学生中其他团体成员和个人参加，共七十余人，孙中山被推为会议主席。经过反复讨论，各团体及个人决定成立新团体，定名为"中国同盟会"，简称"同盟会"，以"驱除鞑虏，恢复中华，建立民国，平均地权"为宗旨。同盟会是中国第一个全国性资产阶级革命政党，它的成立使中国革命运动有了一个统一的领导核心，从而把中国革命推到一个新阶段。

此后，孙中山分别于1910年2月和1911年4月在广州举行了两次起义，后者即黄花岗起义。但均以失败告终，其中黄花岗起义因寡不敌众，最终失败，有72位烈士葬于黄花岗，

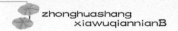

史称"黄花岗七十二烈士"。这两次起义虽遭失败,但震动了国内外,加速了中国革命进程。

此后,孙中山先生一直致力于民主革命,并将毕生精力都用在了振兴中华的事业上。

末代皇帝退位

MODAI HUANGDI TUIWEI

guāng xù sān shí sì nián qīng wáng cháo de mò dài huáng
光绪三十四年(1908),清王朝的末代皇

dì ài xīn jué luó pǔ yí dēng jī nián hào xuān tǒng
帝——爱新觉罗·溥仪登基,年号"宣统"。

nián xuān tǒng sān nián nóng lì xīn hài nián yuè
1911年(宣统三年,农历辛亥年)10月10

日辛亥革命爆发。这一天蒋翊武和孙武在武昌举行起义，成立了中华民国，又推举黎元洪为湖北军政府都督。接着，湖南、陕西、山西、云南、江西、上海等省市一个接一个地宣告起义。到11月底，清王朝统治下的24个省区已有14个省宣布脱离清王朝。

全国各省燃起的革命烽火吓坏了清王朝的统治者，摄政王载沣连忙召开内阁会议，商讨对策。众人皆束手无策。此时，总理大臣奕劻建议请袁世凯出山，软弱无能的载沣别无良策，只好同意了。

袁世凯出山

以后，清政府任命他为钦差大臣，不久又任命他为内阁总理大臣，掌握清朝的水陆全军大权。他上任后，一方面勾结奕劻极力排挤载沣，一方面又暗中与英、日勾结。很快，他就把清王朝的军、政、财权全都控制在自己手中。接着，他又贿赂驻俄公使陆征祥，并让他联合各国公使，致电清王朝，要求溥仪退位，组织共和政府。

12月25日，孙中山由日本回到上海。三天后，在南京17省代表会议上，与会人员一致推选孙中山为中华民国临时大总统。

1912年1月1日，孙中山在南京就任临时大总统，宣告中华民国成立。

此时，袁世凯一方面与南方革命党进行谈判，要求孙中山将大总统的职务让给

他，一方面迫使宣统退位。

宣统三年十二月二十五（1912年2月12日），清朝宣统皇帝、7岁的末代君主爱新觉罗·溥仪退位。至此，清王朝从皇太极改国号到宣统皇帝退位共276年的封建统治结束了。

五四爱国运动

WUSI
AIGUO YUNDONG

1918 年 11 月，第一次世界大战结束。中国以战胜国的身份参加巴黎和会。巴黎和会召开前，美国总统威尔逊发表了国会演说，提出一切殖民地的处置应顾全各殖民地居民的利益，而且大小国家都要互相保证政治自由和领土完整。这样，中国作为战胜国之一，就有权收回被德国占领的土地，因而对巴黎和会抱着很大的希望。但日本代表在会上却提出了极其荒谬的无理要求：欧战结束前，德国在胶州、青岛的特权，包括铁路、矿产、海底电缆等一切动产和不动产均将无条件归日本所有。

日本之所以能够公然提出这种无理要求，是因为段祺瑞上台后仍充当日本的走

狗。1918年9月，段祺瑞曾派驻日公使章宗祥和日本政府交换了"山东问题的秘密换文"，使得日本在山东占有的权利大大超越了德国。

在巴黎和会上，日本代表就是以"山东问题的秘密换文"为借口，提出无理要求。巴黎和会原来就是战胜国的分赃会，因此同意了日本的无理要求，而段祺瑞的代表陆征祥也准备签字认账。这一卖国行径很快被留日学生披露，并通电全国。

1919年5月2日，济南3000名工人聚集在北岗子举行讲演会，要求收回青岛。5月3日北京国民外交协会开会，决定在5月7日召开国民大会，通电全国各地各界共同行动，阻止北京政府代表签字。

1919年5月4日下午1点左右，北京大学
等13所大专院校三千多名爱国学生汇集
到天安门城楼下，像潮水般涌向外国使馆
区东交民巷。他们一路上振臂高呼："还我
山东！""保我主权！""外

争国权，内惩国贼！""取消二十一条！""拒绝和约签字！"等口号。

当游行队伍被使馆区的警察阻拦时，学生立即转向赵家楼找老牌卖国贼曹汝霖算账。

很快，赵家楼曹公馆就挤满了人，"诛杀卖国贼曹汝霖、章宗祥、陆宗舆！"的怒吼声震天动地。正巧，曹汝霖和章宗祥刚从总统府回来不久。二贼吓得企图越墙逃走。曹汝霖在4个仆人的帮助下越

墙逃走，章宗祥则被冲进来的学生发现，一把揪住，痛打起来，打得章宗祥连连跪地求饶。

学生们痛打了章宗祥，但没有抓住曹汝霖，心头怒火难平，就放火把曹汝霖家烧了。

爱国学生痛打章宗祥、火烧赵家楼的消息一传出，北京民众无不拍手称快。但北洋军阀段祺瑞竟下令逮捕闹事学生，共抓走了三十多名学生，这激起了北京民众的强烈抗议。第二天，北京街头出现了

《北京市民宣言》，该宣言大力支持学生的爱国行动。陈独秀、李大钊等亲自撰写声援学生的文章。此后，北京大学开始罢课，并通电全国各界，请求声援。上海、天津、济南、南京、武汉等城市的民众先后集合抗议政府，声援学生。上海工商界率先罢工罢市，抵制洋货。工厂工人罢工，汽车抛锚，铁路和码头瘫痪，一场学生运动迅

速升级为全国规模的爱国反帝运动。

北京政府因形势所迫，下令免去曹汝霖、章宗祥、陆宗舆三人的职务，并释放被捕的学生。

伟大的"五四"爱国运动掀开了中国历史的新篇章，中国无产阶级开始作为一个独立的阶级登上了历史舞台。比

中国资产阶级旧民主主义革命
气势更为波澜壮阔的中国
新民主主义革命的序幕就
此拉开。

图书在版编目(CIP)数据

中华上下五千年. B / 崔钟雷主编.—延吉：延边
教育出版社，2010.10
（小学生新课标领先阅读系列）
ISBN 978-7-5437-9014-8

Ⅰ. ①中… Ⅱ. ①崔… Ⅲ. ①中国—通史—少年读物
Ⅳ. ①K209

中国版本图书馆 CIP 数据核字（2010）第 196877 号

书　　名：中华上下五千年 B

策　　划：钟　雷
主　　编：崔钟雷
副 主 编：王丽萍　苏　林　张　平
审　　阅：李成熙
责任编辑：李学锋
装帧设计：稻草人工作室

出版发行　延边教育出版社（吉林省延吉市友谊路 363 号　　邮编：133000）
网　　址：http://www.ybep.com.cn　　电　话：0433-2913940
　　　　　http://www.tywhcc.com　　　　　　　0451-55174988
客服电话：010-82608550　82608377
印　　刷：北京彩晔彩色印刷有限公司　　印　张：3.75
开　　本：880 毫米×1230 毫米　1/32　　字　数：70 千字
版　　次：2010 年 10 月第 1 版　　　　书　号：ISBN 978-7-5437-9014-8
印　　次：2010 年 10 月第 1 次印刷　　定　价：10.00 元

如发现印装有质量问题，请与印厂联系调换。

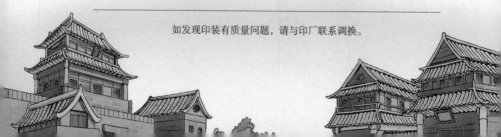